詩集

沈黙の絶望、沈黙の希望

完全版

常本哲郎
Tsunemoto Tetsuro

風詠社

序文

はじめまして。

あなたがいま、この本を手にとってくださっている、偶然という必然に、深謝いたします。

わたしは、忘れもしない十六歳の夏に、統合失調症（当時でいう精神分裂病）を発症いたしました。そして二十四歳のとき、精神病院の閉鎖病棟に入院し、そこからの退院と同時に、集中力の完全な欠如により、いっさいの文脈が追えなくなっていました。ひとつひとつの文字は読めますが、それが連なる、本や新聞は、まったく読めない状態でした。当時わたしは、母に新聞の見出しを朗読してもらい、それを鉛筆で紙に書き写すという、子どものような練習をしていました。そのようにして、わたしの青春の日々は、無為のうちに通り過ぎてゆきました。

発症してから、今年で三十四年が過ぎようとしています。三十四年。永い、歳月です。

この本は、ひとりの統合失調症患者であるわたしが、どうすれば生きる価値が見いだせるかを問うた、記録を編纂したものになっています。

わたしの永遠に未熟なことばたちが、あなたのこころに届くことを祈り、序文とかえさせていただきます。

二〇二四年三月

常本　哲郎

目次

詩集

沈黙の絶望、沈黙の希望

完全版

沈　黙

沈黙して
沈黙することで僕は語る
脳に沈殿した手紙を
捨象された抒情を
夕暮の凪の豊かさを

沈黙して
沈黙することで僕は想う
夜明けを待ち続ける暗い海を
迎合しか知らぬ言葉を
感情の駆け巡る夢を

沈　黙

沈黙して
沈黙することで僕は否定する
具現の愚かさを
思念の不確かさを
空白の歳月を否定することを

沈黙して
沈黙することで僕は僕になる
うつくしい風の響き
すべての矛盾を孕んで輝く世界の一部になる

水心

ひとつぶの
涙になって
苦しみの跡に
そっとそっと滲んであげよう

雨になって
乾いた胸を満たしてあげよう
川になって
ゆっくりと悲しみを流してあげよう
海になって
あなたのすべてを受け容れてあげよう

そしてあなたの
はじまりの日に
緑の葉に乗って
美しい朝を伝えてあげよう

今

自分の手に入れた今は
どれほどの価値があるのだろう

自分の手に入れた今は
明日には
そして来年には
どうなっているのだろう

過去があり
今があり
そして未来がある

真白なキャンパスに
不器用な筆使いで
未来に向かい
希望を描きつづけてきた

それでもなお
真白な部分は
いつまでも残りつづける

薄皮を剥ぐように
今を記す

生きる
ただ、ひたすらに

今

自分

凛とした真冬の空気に
青空は一段と映える

その青のなかに
心ごと溶け込んで行けたなら

失った感情が
ひとつひとつ
この腕の中に帰ってくる

すべてのものごとが

自　分

真白な一本の糸で繋がれて
私の胸に沈みこんでゆく

未熟さ故の
夢　希望　若さの勢い

経験してきたすべてに
無駄なことなど何ひとつなかった

今日からまた
自分の足で
歩き始めよう

夜の静寂

束の間の
夜の静寂

ある場所で
諍いが絶えず

ある場所で
愛が語られ

ある場所で
ペンが走り音楽が流れる

夜の静寂

私はひとつの哲学にぶつかる
静寂の内包する意味を
ひとり考える

束の間の
夜の静寂
ある種の人々にとっては
束の間の休息

そして朝陽は明日も輝きわたる
あらゆる矛盾を
飲み込んだままに

颪よ

ひとはいつでも
過去をなつかしむ
過去には不安がないからだ

颪よ
私のささやきは
どこまで届くかい…?
失ってしまったもの
見捨ててしまったもの

そして今でも
忘れることができないもの
私の記憶は
なつかしさでいっぱいだ

風よ

わたぼうし

目を閉じれば
一輪の花
たんぽぽのわたぼうし

母の記憶のような
そのままのやさしさに揺れ

あなたが一番きれいだったとき
あなたはどんな夢を見ていたのだろう

もう忘れてしまった言葉

遠い風折れの言葉
あなたが一番きれいだったとき――
目を閉じれば
一輪の花
たんぽぽのわたぼうし

わたぼうし

空の日

空がずうっと
ずうっとずうっと青い
ぼくの抒情は小さく
小さく小さくなってゆき
やがて
雁の
点景だ

無力だけが残る

空の日

殻

固い固い殻をやぶって
自由になりたい

けれども、そこに見える空は
青空ではなく
やはり闇かもしれないのだ

殻

胎動

光が闇を越えるその一瞬に
新品の太陽が
一日の始まりを告げる

もう一度
もう一度だけ
やり直せることがあるのなら

私は耳を澄まし
世界の胎動を聴く

この瞬間にしかない
微かな空気の振動を
聴き逃すまいと
耳を澄ますのだ

あの日あの時の
かなしい言葉
後悔し絶望し
それでもなおやって来る今日

そして世界は
クールにタフに巡る

回顧し詩を紡ぐ私などとは
何の関係もなく

胎　動

祈りの空

真冬の空を見上げると
眼が痛くなるほどの青

誰かの夢や
誰かの希望や
誰かの祈りを受け止めて
凪海のように静寂の風景と化している

沈黙の想念が
眩いばかりの空

祈りの空

私は生きている
生かされている
忘れたくない感謝と
失くしたくない信念

祈りを携えて
生きていこう

私のために
誰かのために

月

闇は
何故こんなにもやさしいのだろう
夜は
何故こんなにも親しいのだろう

明けない夜はない、と
誰かが言った

ならば
夜が明けた後の昼の光も

やがては必ず闇に呑まれるのだ

私は闇を通じて
失ったものたちと話をする

かつてそこにあった大切な何かを
この手は感じる

闇のなかに響く
一条の光

月よ
私の魂を照らしてくれ

闇夜

夜はやさしい
私が黙っていても
ただ黙ってそばにいてくれる

明日になったら
来月になったら
来年になったら

そんな未来は

闇　夜

皆闇夜に吸い込まれてゆく

闇の中に
かつて私の友だった人やものが
沢山いる

彼らと
感情の欠落した
無音の言葉を交わす

私の魂は
闇夜の世界を彷徨い続けている

朝陽

漆黒の闇の中に
滲む血のように緋色が映る

始まったものは
いつか終わるように
終わったものもまた
いつか始まるんだ

ひとは変わらないものを望みながらも
変わらないものなど
何ひとつとして無い

朝陽

通り過ぎた夢
叶わなかった明日

夕暮れの絶望を
朝明けの希望で包み

今日もいちにち
自分のままで
何度でもやり直して生きよう

…幾つ目の夢だろう
今日始まってゆくのは

たそがれ

暮れる陽光の懐かしさに
こころは揺れる

忘れられない場面や
忘れられない光景や
忘れられないさよなら

追憶のなかで
時間軸が遠く歪んで行く

あらゆる可能性を孕んだ選択肢から

ひとつひとつ何かを選び抜いて
今に辿り着いた

私の人生を通り過ぎていった
すべてのものごとやひとたちに
さよならそしてありがとう

やがて陽は落ちて
闇に染まる部屋の中で
私は現在に還る

胸の中の記憶
いつか記憶になるだろう今

振り返りたくなる
永遠のたそがれ

たそがれ

陽光

人々を照らし出す
真昼の太陽

貴重な光の育む
濃淡の影が
真冬の寒さに微かに震えている

樹氷のように固まった
ひとの心にも
光は降り注ぐ
何の差別区別なく

そしていつか陽は落ちる
すべての光と影を飲み込んで

訪れる闇の中で
私は明日への祈りを捧げる

明日の陽光が
私をやさしく包み込みますように
影の震えを見守ってくださいますように
何の差別区別なく

束の間訪れる眠り

希望に満ちた
忘れられない本物の夢を見ていた

陽　光

雪

しんしんと雪が降る
あらゆる音が吸い込まれた
静寂が心地よい

私はじっとする
ただじっとしている
何をするでもなく

私はそのまま
自分のこころの中へ降りて行く

今年もこの景色を見ることができなかった
なつかしいあのひと

私の憧憬は
過去に縛られて
行き場のないかなしみになる

私は今年もひとり
降る雪に包まれる

そして純白の景色のなかに
埋もれてしまった小さなかなしみを
ただ抱きしめる

愛のことば

私のこころに沁みわたってゆく
あなたのことば

かなしみのときも
よろこびのときも紡がれる
あなたのことば

漆黒の夜も
希望の朝も唄われる
あなたのことば

全身の力をこめて
私に向けて放たれる

忘れられない
ぎこちない愛のことば

私はそっと返事をする
小さな声で
やはり不器用な
愛のことばで

心

風に揺れる花
私の心もそんなふうに
柔軟であれたら

誰かの言葉や
誰かの素振りや
誰かの主張に
動じることなく

ただ自分であるだけ
ただ自分が自分であるだけ

真冬の風に
私の心はすぐに凍ってしまう

そしてただひとつの
やさしい言葉を
私の心は
求めている

思索

沈む
思索の海に沈む
ただひとり、沈む

呼吸が苦しくなる
しかし
精神は何処までも解き放たれる

世界が脳内を駆け巡る
私の身体は
私ではなくなり

無の領域を一周する

思索の海底で手にした
いくつかの言葉で
僅かなる語彙で

今日も私は詩を紡ぐ
何の変哲もないような顔をして

生命

私の手のひらに
灰が乗っている

吹けば飛ぶだろう
生命の抜け殻

生命は記憶を忘れ
私は生命を忘れ
やがて生命が存在したことさえも
忘れられてしまうのだろう

生命の輪廻の中
凪は束の間凪ぎ

私は
そっと手を握る
生命は最後の記憶を残し
消えてゆく
風の果てまで

生　命

訣別

煙草の煙の向こうに
街の風景があり

煙草の煙のこちらに
私と沈黙がいる

沈黙の内にやさしさがじわりと腐る
一陣の風が
煙を吹き飛ばしてくれまいか

私の思考は

神聖なる堂々巡り

煙に霞んだ
美化された過去と
洗練されたとは言い難い未来

私は明日との訣別をする
それは紛れもなく
非凡なる現実の選択でしかない

宝石

ただひとり
ひとりで過ごす
冬の日

言い尽くされた
陳腐な言葉の中に
私は真白な宝石を見つける

逃すまいと
手を触れた途端
それは雪の結晶のごとく

溶け消えてしまう

私の手には
鋭利な冷たさだけが残る

私は脳の皺に
その冷たさをしっかりと刻み込む

それは終わらぬ言葉を模索する旅
宝石を求めつづける旅

私の脳に溜まりゆく喪失感
それらから産まれ出るだろうものは
やはり喪失感をまとった
切り取られた過去の一場面に過ぎないのだ

眠り

私の眼が失われたら
美しい風景を想像する夢を見て
ただ眠りたい

私の耳が失われたら
美しい音楽を演奏する夢を見て
ただ眠りたい

私の手が失われたら
あらゆる人々と抱き合う夢を見て
ただ眠りたい

私の足が失われたら
あらゆる国境線を越える夢を見て
ただ眠りたい

私のこころが失われたら
あらゆる人たちと和解し
あらゆる人たちが和解する夢を見て
ただ眠りたい

私の生命が失われたら
既に失われたものたちと再会して
生命の収斂する温かい泥の中で
ただ眠りたい

純白に雪ぐ

白の情景を
ぼんやりと見ている
それは私の
心象風景にあまりにも似ていて

私は
白の白さに
圧倒される

何もないということは

あらゆる可能性があるということだ
その事実に気付けば
何ものでもなくとも
しっかりと生きて行ける

私はもう一度
スタート地点に立つ

すべての心象風景を
純白に雪いで

道

闇の中から
灯りを求めつづけるように

歩く
走るでも立ち止まるでもなく
ただ歩く
景色を眺める余裕などなかった
四季を感じる心などなかった

ただ歩いた

それ以外何の術もなく
風に吹かれ雨に打たれ
気付けば隣に
歩いてくれていたひとがいる

私の歩いて来た道は
遠回りだったが
間違いではなかった

目指すのは彼方の地平線
一歩ずつ歩いて行こう
温かなあなたの手に
導かれて

道

冬の終り

それは危うく脆く
一抹の狂気を孕んだ季節

見るも鮮やかに
風景が白紙から色付いてゆく

終りがあり
始まりがあるなかで
ただ終るだけの私がいる

沈んだ感情を

浮き彫りにするかのような言葉と
季節の継ぎ目に
追い風を掴むことのできない
私の手

早春にて
ただ
途方に暮れる

冬の終り

春の足音

どこからか
微かに聴き覚えのある
足音が聴こえてくる

あれは
やさしい微笑みだったか
それとも悲しみの風笛だったか

私が幾度立ち止まろうとも
世界は廻る
季節は移ろう

春の足音

ひとりでいても
誰かの手をしっかりと握っていても

時間だけには
どうしようもなく
抗いようがない

やがて来る
流れる時間の区切り
足音の交差

柔らかな春の光

道程

私の歩んで来た道程を
平易なことばで語ろう

難解なことばを用いるよりも
ずっと難しいけれど

たとえば花が咲く
ひとすじの気持ちで咲く

それだけで
ひとのこころは動くから

道　程

簡単な道程ではなかった
ひとりの物語ではなかった

けれども敢えて
平易なことばで語ろう

空は青い
道は長い
愛している

こころ

四季折々の
静物が
光景が
点景が

私のこころを
豊かにしてくれる

私は
目を瞑り
こころの片隅に立つ

すべてがなつかしい
私の記憶の世界

動かないものたちの
無言のことば

元気かい
ひとりの人間らしく
生きているかい

そんなことばを
ただ彼らが
発したような気がして

私の眼から不意に
涙がこぼれた

こころ

円環

寒さに凍えながら
ただ春を待つ

闇に怯えながら
ただ朝を待つ

待つこと
それは取りも直さず
精神を削ること

祈りや救いに温められながら
私は今日も待っている

円　環

永い時が経ち
そしていつしか
花は美しく咲く

私の魂は救済されて
私の精神は解放される
私は新たな種を拾い
歓喜に打ち震えている

深海

深い海の底に
沈み込む日々

灯りは途絶え
闇と沈黙の支配する世界

何もない処にこそ
すべてがある
すべてが摘み取られた処にこそ
あらゆる可能性がある

故に私は
深海の住人だ

深海でしか
想えない風景がある
深海でしか
綴れないことばがある

この場所で
私は自分自身が
唯一の灯りでありたい

旗

振り返ると
いつの間にか
道ができている

私の歩んできた獣道が
はっきりとした
道になっている

闇雲に歩んできたはずの
誰も歩まなかった道

旗

それは
私が私でありつづけるための
唯一の道だった

沢山のものごとが喪われたが
私は私を誇りに思う

今この場所に一本の旗を立てよう
誰のためでもなく
ただ希望の象徴として

現　実

昔、私には夢があった
昔、あなたにも夢があった

大いなる夢が
膨らむ希望が
輝く明日が

ある時ふと
叶わぬ想いであることを知った

現　実

我々は
互いの体温で
気持ちを暖め合い
夢という風船を
割らずに手放した

あとには
地に足の着いた
生活という現実だけが残った

孤　独

雪が降る
ただしんしんと
雪が降る
ただしんしんと

私は部屋にこもる
内的世界と
外界に広がるあかりを
こころは往来する

ここは私の内面なのか

薄明かりの中
屹立する強固なる意志に
私は息を呑む
私の呼吸が固まる

私の生きかたは
まるで外界を遮断しているようで

大いなるかなしみが
颪のように私を吹き抜ける

雪が降る
ただしんしんと
雪が降る
ただしんしんしんと

孤　独

あなたに

やさしさとは

あなたを想うと
その答えはいつも見えてくる

見えてくるが
この唇が
口に出せないことばであり

この両手を
動かすことのできない仕草だったりする

何もせずに
ただそっと見守っていることが
いちばんのやさしさだと風が言う

だから今
あなたに

沈黙のやさしさを
そっと捧ぐ

夜明けまえ

風がそよとも吹かない
闇の夜

その奥にある
水を打ったような
ひたすらな沈黙

闇にしか語れないことばがある
そのことばを通じて
私は私の記憶と会話する

それは夜明けまえ
最も暗い闇の時間

それは夜明けまえ
失われたものが再び
失われる時間

真紅の朝焼けに
葬られた
闇の終わり

永い夢から覚めた
私の記憶

風言葉

誰かが　ふと
耳元でささやいたような気がした

やさしいことば
忘れられた　愛のことば

誰かが　ふと
耳元でささやいたような気がした

淋しいことば
誰かを求める　孤独のことば

私は返事をしようとする
けれども紡いだことばは
届く場所もなく
ただ風にかき消されてしまう
私はここにいる
存在証明としてのことばを
風よ
誰かに届けてほしい

青

青
あらゆる姿に
その形を変える色

空を
海を
無稽の若さを
その手中に収める色

形のない

確かな存在感故に
誰も言及しないが
すべての存在の
母たる色

そして
私の流すかなしみの涙も
あなたの流すよろこびの涙も
水彩で描くのならば
きっと
青だ

朝

凛と立つ空気を
胸に吸い込む

新しい朝の光が
透明な花瓶のなかで踊る

巡りくる太陽に照らされ
人々は今日を営み始める

時間は平等に
あらゆる人々に

可能性という光を運ぶ

今日も
世界は廻る
あらゆる人々に支えられて

今日も
私は生きる
あらゆる人々に支えられて

もう一度
始めよう

もう一度
私を生き直そう

朝

残された憧憬

私は憧れる
健康なる風景に　そして
私は憧れる
静かな朝の光景に

自分が自分であるために
どう生きてゆこう
真冬日の朝に
途方に暮れる

生きることは

闘うことではなく
主張することでもなく
たとえばひとつの朝を迎え
たとえば静かなよろこびを感じることだ

そんなふうに
私は一段ずつ
階段を下りてゆきたい

その途中で見えるもの
それはただひとつ
私のなかに残された憧憬

世界

私は動きつづける世界の一部でしかない
それとも
私は動きつづける世界の一部たり得ているか

こんなにも深く
私は世界を愛す
こんなにも深く
何の見返りも求めぬままに

風が立ち
私はひとりになる
夕暮の導く闇を

世界

もはや私は恐れはしまい
私は生きつづけている
音楽が止み
沈黙の支配下に置かれても

私は動きつづける世界の一部でしかない
それとも
私は動きつづける世界の一部たり得ているか

その問いは
もはや答えを必要としていない

ささやき

冬空を見上げたときの
爽やかさを
一縷の望みを
私は誰に
どんな言葉で伝えよう

私の唇は
ちゃんと空気を震わせることができるだろうか

風が止んで
あたりは静寂に覆われる

ささやき

私は沈黙を味方にし
歩みを止め
静謐な言葉を発する

それは無音だったのか
微かなささやきだったのか

何かを聴き取ったかのように
太陽が私をそっと照らしてくれる

光に舞う塵のなかで
私はただひとり涙する

意　味

私はあなたの
手を握る

生命の温もりが
そこにはある

あなたは　そっとかじかんで
あなたは　そっとはにかんで

答えにならない答えとして
私の手を握り返す

私もあなたも
行為自体の意味など必要としていない
私はここで生きている
あなたもここで生きている

それ以上のことを
誰も望んではいまい

午後の珈琲が
生活に染み込む

そんな時に
詩は無意味にも生まれくるのだ

冬のソネット

吐く息が白い
手がかじかむ

私はこんなにも
冬に親しい

風は吹き荒れ
雨は打ちつけ
雪さえ降り落ちる
私はこんなにも

冬に近しい

それらの事実が証明することに
私はまったくの無知である

無知であるが故に
私は今日も冬の日を過ごす
証明の意味などに一片の興味も持てずに

独り言

朝
あなたの微かな寝息を
私はただ黙って聴いている

あなたの穏やかな眠りを
妨げぬよう
私はただ黙ってあなたの傍にいる

静かな時間の中で
どんな言葉も
ただの独り言になってしまう

独り言

私は囁く
あなたの名前をそっと

空気は微かに震え
私の胸も微かに震える

そして私はあなたの肩に触れた
その手は　小さな化石になった

結　実

極寒の冬を越え
酷暑の夏を越え
あらゆる荒波を乗り越えて
結実する日は来るのだろうか

私の想いが
あなたの願いが
結実する日は来るのだろうか

平等に流れる時間さえ
あらゆる闇は暴けない
無限に思える空間さえ
あらゆる闇は収納できない
ひとすじの光に
ただ祈る
祈る

生きる

生きる
うつむいて
何の言葉もなく

たそがれに包まれ
影もうつむいて

言葉よりも饒舌に
沈黙が語ることがある

生きることは

不恰好だ
けれどもそれ故に
ひとの心を掴む唯一の術だ

生きる
うつむいて
何の言葉もなく

たそがれに包まれ
影もうつむいて

その影がそっと二つになる

生きることは
孤独を凌駕し得るのだ

手

私の手は
掴む
不要なものを
放す
必要なものを

そんなふうに
生きてきてしまった
手を見ると
私のこころが空っぽなことがわかる

手

小さな生き方を
少しずつ覚えてきた
私の手

太陽に透かすと
血が流れている
私は生きている
私はそのことに希望する

今日から私の手は
掴む
大切なひとの手を
放す
悲しいこだわりを

愛について

それは
青空の抱擁
それは
満天の祝福
それは
朝陽の共有
私たちは愛について
あまりにも無知だ

それ故の無邪気さが
時にあなたを著しく傷付けてしまう

愛について語るときに
沈黙は雄弁になる

沈黙は、黙するものではなく
能動に、関与するものだ！

そのとき
私のことばは凍りつき

あなたは 温かい両手で
その氷を溶かしはじめる

痛み

どんなに払っても
風は吹き
闇は舞い降りる

どんなに祈っても
ひとは病み
重い痛みを残す

私のこころは
幽かな蝋燭の灯火だ

その灯りを辿って
歩んでくれるひとがいるのなら

私はいつでもここにいる
私はいつまでもここにいる

分かち合った痛みを傷跡を
掌でそっとつつんで

光

私は光を肯定したい
影を否定することなく

影のなかにある
輝く情念を掬って
光に晒そう

そのとき
あらゆる世界の対立はその意味を失い

ただ

あらゆる希望の概念が
その数を数えはじめるだろう

そして私は
そしてあなたは
本当の意味で生きはじめるだろう

明日は輝きながら
既に未知な未来であるだろう

存在

独創性などいらない
あなたの存在が既に
独創なのだから

批判などいらない
あなたの存在が既に
批判なのだから

それ以外にいったい何が
生活たり得るだろう

存　在

私は沈黙を守る
あなたの存在を
ただ受け入れるために

私は沈黙を破る
あなたの存在を
この手に確かに感じるために

ひとり

今日も夜明けを運ぶ
太陽の骸

風は結ばれる
地平線はほどかれる
けれども
惑星はとどまることを知らない

ひとはこんなにもひとりひとりだ
ひとはこんなにもひとりひとりなのに
何故その意識を意識せずして

生きてゆけるのか
そんなことを想う
紅い朝焼けの鋭利な沈黙のなかで

そして私は
闇を求め　眼を瞑る

瞑る

生

花が咲く
光と風のなかで
そっと咲く

花が咲く
闇と静寂のなかで
そっと咲く

その美しさは
束の間の生に向かうことに似ている
もしそうなら

生は希望に満ちたものであってほしい

そして花の傍に佇む私は
やがて生へと一歩踏み出す
それは不恰好でも
希望に満ちたものであってほしい

音楽

沈黙と対になり
あるいは沈黙の対極たるもの

詩は音楽に恋し
音楽は詩に恋する

沈黙が詩の象徴であるならば
その現象は
人間と同じなのだろうか

時に　ひとのこころを鼓舞し

時に　ひとのこころを温め
時に　ひとを感傷へ　いざなう

対極を求める本能は
ひとにはみな備わっている

私はひとりの人間でありたい
ひとりの人間でありながら詩を書いて
その側には音楽にいてほしい

音　楽

諍い

私は寡黙になり
あなたは沈黙になる

ことばが出なくなる
出てしまったことばは
互いを傷つけると知っているから

黙する時間は長く
永遠でもあるかのように

沈黙の中身のことばが落ちついた頃

私たちは
どちらからともなくそっと気配を発する
そのとき
すべての銃は捨てられ
すべての剣は収められる

やがての沈黙には親密さがある
還って来るやさしさ
還って来るやさしいことば

ことば

ことばにできない
想いがある

ことばにならない
言葉がある

私たちの喜怒哀楽の表現を
一身に引き受けて

ことばは今日も
世界をめぐる

一方で私たちは
ことばになれなかったものたちを
必死で掬おうとしている

たとえば
思想という手法で
たとえば
文章という手法で

あるいは
ことばに操られているように見えて
実は行間の沈黙が饒舌に語る
詩という愚かな手法で

歌

歌は唄われる
窓際に立つ淋しいひとの唇によって
歌は唄われる
海底に沈む閉じられた貝殻によって

歌は唄われる
ひとはひとりだという意識の檻から脱するために
歌は唄われる
生まれ来る生命を祝福し賛美するために

唄う

雨を越えた虹という青空の勲章が
唄う
朝という闇からの生還を祝い小鳥たちが

唄う
ひとは黙っていても
どんな理由も必要としない孤独なその名で
どんな形も必要としない孤独なこころで

空について

空について
何かを書こうとするときに
その広大さ故に
私は倦む

空について
何かを書こうとするときに
その茫漠さ故に
私は頓挫する

それでもなお
空について

何かを書こうとするのは

この空の下で
あらゆる人々が生活していることに
不思議な感動を覚えるからだ

この空の下で
私とあなたが生活していることに
連綿と続く奇跡を感じるからだ

大きすぎるものは
その全体を見ることができない

私は空を見て
その感情をことばに還元するだけの
小さな詩人だ

空について

声

朝の光が
窓際に立つ私を照らす

ふやけたような脳で
私はただぼんやりしている

私の追い求めてきた
幸せというものの実体が
今この瞬間であることが
私にわかる

長い雨を越え
深い闇を越えて

たしかな幸せがここにある

あなたが起きてきて
私におはようと言う

その声は
私の脳裏に沁み渡り
私のこころを自由に解き放ってくれる

私もその声に純粋に応える
おはよう　ただそれだけ

ただそれだけだからこそその幸せなのだ

夜明け

朝陽が昇る
私は夢を忘れる
朝陽が昇る
私は闇をも忘れる

そんなふうに
今日の生へと一歩踏み出す
私のこころは
希望の光に凪いでいる

闇や絶望のただ中に
こんな瞬間があってもいい
そう思える私は
昨日より素直に楽になっている

それは
精神の夜明け
そう表現する以外にない
それ以外の何ものでもないからだ

雨

朝から降りやまぬ雨が
私のこころの柔らかい部分を濡らし
抒情の情景を呼び起こす

雨音に喚起される情景は
どれも懐かしいものばかりで
ひとがいかに思い出に生きているかを
認識させられる

あの時のことば
あの時の仕草

あの時のやるせない表情

今となっては
雨にそして時に洗われて
記憶だけが美しくなっている

私は
今を守り今を生きてゆく

美しい記憶は
左脳の片隅にそっと置いて

雨

手紙

伝えたいことがあって
ことばというかたちを択んだ
伝えたいことがあって
詩というかたちを択んだ
それは無意味なのかもしれない
しかし伝えたいことがあるという欲求は
確実に意味を内包している

ことばが
詩が
その意味を正確に伝えられず

あるときには打ち消してしまう

それは
出し得なかった一通の手紙
それを燃やし残った灰

それでも私は
表現する行為自体を表現しようとする

あなたに伝えたい思いが
脳から溢れんばかりにあるから
両手から零れんばかりにあるから

流れる

とどまることなく
流れてゆく河
とどまることなく
流れてゆく時

私はどうだろう
とどまることなく
流れているだろうか

随分長く

闇にとどまっていた気がする
季節は移り
風は流浪し

そろそろ私も
歩み出すときがきた

流れてゆこう
変わってゆこう
生きることを
恐れることなく

流れてゆこう
流されるのではなく

名残

朝の空気は澄んでいる
私はそのなかに
夢の名残を見つける

何かと訣別することは難しい
忘れたくても忘れられない日々がある

生きてゆくことは
認識と忘却の限りない連続だ
私はそのなかに
人間の何たるかを見つける

名　残

過ぎてきた日々を
時が美しく飾ってゆく
そうして過去は輝きを湛え
ひとのこころにそっと忍びこむ

生きてゆくことは

その答えを
私は今　思い付くことができぬ

日々

私には何もない
しかし
私には生活がある

どんな宝石よりも大切な
日々の暮らしがある

何かをせずにはいられない
生活を構成するすべての単位を
脳と細胞が憶えている

日々

特別なことは何もしていない
それでも　ただ日々は過ぎてゆく
正確に言えば　日々を過ごしてゆくのだ

私は生きてゆきたい
自分の意志で
私は生きてゆきたい
もがきながらひとりの人間らしく

あなたとともに
死が袂を分かつまで

愛をかたる

私は
愛をかたる
新しい光の朝に

私は
愛をかたる
親しい闇の夜に

そんなにも
愛をかたり
それでも永遠に

かたられ尽くすことはない
理解され尽くすことはない

それが人間のことば
それが人間の愚かな趣向

私は
愛をかたる
終わらない夢のさなかに

詩

文学である必要はない
文芸である必要はない
詩は
詩

正直に言うならば
それは意味のある意味すら必要としていない
詩は
意味を成さない文脈

そしてそれは

生まれ出る理由すら必要としていない
故に詩は
音楽よりも自由

その詩を書く私は
生きてゆくことに追われ
無機物のふりをしながら実は有機物である詩に
今日も　恋焦がれつづけるのだ

何故

空は何故
青の青さに耐えているのか
花は何故
その美しさに耐えているのか

冬の終わりの光景は
私の想像力を喚起する
その想いは光の速さで
私の脳を駆け巡る

鳥は何故

何　故

有限なる夕景を帰ろうとするのか
虫は何故
死の予感を孕みつつ蠢き続けるのか

春のはじめの光景は
私の希望と絶望を喚起する
その想いは光の速さで
時間という恐ろしい流れに乗ってゆく

私は何故
いまを生きるのか

私は　何故

滴

私の眼に広がる
朝の光の滴

今日も朝を迎えることができた
私はそのことに感謝する

あなたの眼から
ぽたぽたと零れる
涙の滴

つらかったんだな

苦しかったんだな
私は　何の力もなく　側にいる
私の手のひらからこぼれ落ちてゆく
時の滴

二度ともどらない
二度と再現できない
ただ一瞬垣間見える時のすがた

私の滴というものが
もしあるとしたら
それはいったい　誰を幸せにできるだろうか

詩を書くことは

詩を書くことは
無の境地に立ち尽くすことに似ている
降りてくることばを
ひとつひとつ拾いあつめて
あらゆる無のなかで
文脈を紡ぐ

伝えたいことなどなかった
残したいことなどなかった

沈黙の価値を

沈黙が沈黙たり得る部分に見い出すなら
詩など必要ない

その沈黙のなかに
唯一無二の存在として
ただ一編の詩を存在させたい
それは趣向ではなく
それは希望でもなく
魂から生え出てきた
ただ一本の祈りの糸を包むことばだ

憧れ

このこころが
鳥のように自由に
空を駆け巡れたなら

あらゆることばを掴み
それは美しい詩を紡ぎ
やさしさ溢れる世界を望めるが

私の魂は
二本足でしっかりと地面を踏みしめている

生活は不自由で不条理なときもある
しかし
この私が私でなくなるくらいなら
私には翼など要らない

私は私でありつづけ
私は私として生きてゆきたい

空には　ただ憧れるだけでいい

無

どんなに饒舌に語ろうとも
無は
無

沈黙の質を見定めようとしても
無は
無

無の持つ圧倒的な白さに
無の持つ圧倒的な黒さに
あるいは

無の持つ限りない透明さに
私たちは日々気づかぬ振りをして
過ごしている
人間の根幹を揺るがすほどの力で
無は私たちに迫りくる

その恐ろしさは
詩ではなく
深く深い沈黙の中身でしか表現できない

病

生を受けているかぎり
忍び寄って来る　病

闇の使者なのか
はたまた　愚かな人間への報いなのか

私たちは
肉体を病み
精神を病み

歳を重ねるごとに

増えてゆく　病の欠片

僅かに残された健康な部分で
私は詩を紡ぐ

あるいは
既に病に侵された脳の一部から
こぼれ出ることばを掬って
恥ずかしげもなく
詩と称している

輪郭

純白でなくとも良い
漆黒でなくとも良い

あまりにも曖昧な世界に
私たちは生きている

明るい光だけでは
真暗な闇だけでは
互いの主張は引き立ちはしない

その間に凛と立つ

輪　郭

朝明けや夕暮の美しさを
感じることができるなら

そんな風に
私たちは生きている
この世界に
無意味なものなどひとつとしてない
私たちが眼を開け耳を澄まし
全身の感覚で感じとる
世界の曖昧な輪郭は
今日も
あたたかい

花

花の美しさを
私は何に例えよう

花の美しさを
例えるなど傲慢なのか

あらゆる闇を越えて
やっと咲いた花を何かに例えるなど
確かに無粋かも知れない

けれども私のこころには

花を見て
動かされるものが確かにある

花の美しさを
私は何に例えよう

それは希望の欠片
それは季節の予感
それは明日への光

いまはそれでいい

そして花が散ったとき
私は　再び詩を書くのだろう
どんなことばでも表現しきれない
沈黙の景色を

霧

霧の中で
私は立ち尽くす

周りが暗ければ
眼が暗闇に慣れるのを待つしかない
周りが霧ならば
霧の濃度が下がるのを待つしかない

眼には頼れない
限られたあらゆる感覚を頼りに
自分の進むべき方角を模索する

人生には
何度もこんなことがある
そんなときにいつも私は
焦ってばかりで　正しい方角を選べなかった

この濃霧の中で

私の感覚は
私の全身を使って
真っ直ぐな道を選ぼうとしている

その先にある未来の温かい手を
私は掴むことができるだろうか

役目

私の手に触れる
あなたの手の温み
温みが消えぬよう
私はあなたの手をぎゅっと握る

一生懸命生きていても
ときには　病に倒れることもある
周りが見えないこともある

私はただそばにいる

役　目

何もできないが
ただそばにいることで
私の存在を
あなたに感じ取ってもらおうとして

かつてそこにあった大切な何かを
守ろうとして

それは生きているかぎりの
私のささやかな役目

詩人の矛盾

四季の美しさが溢れる
この春の日

柔らかな風に
光が絡んで
やさしい風景を描いている

私が私であるために
私は日々　詩を紡ぐ

春のやさしさに埋もれながら

詩人の矛盾

自分の感性を日々研いで
私はことばを組み立てる

私が私であるためだとしても
その無為に
私は飽く

しかし今は
一瞬かもしれぬ春のやさしさに
身を委ねよう

私はいったい何者なのか
その答えを探りつづけるために

つぶやき

残したいものについて
私は考える

私という存在が消えた後でも
永続的に残りつづけるもの

それは
私という人間の記憶である
思い出なのか

ならば

つぶやき

物が残るのではないから
少しは救われる

もし詩が残るとしたら
私の書いた詩が
すべて焼き捨てられたあと
記憶のなかに
無形の思い出として
残りたい

誰をも脅かさない
無名の詩人のつぶやきとして

光の朝

四季折々の美しい風景
それらを感じ取ることのできる
純然たる精神

ひとは病む
身体を病む　そして
精神を病む

そのなかで私は
何を残してゆけるだろう
自らも病んだ精神のなかで

光の朝

私は病む心身のなかの
一縷の希望を唄いたい

深く暗い闇の中でも
薄く射す一条の光としての
拙い詩を残したい

ある日やってきた光の朝に
私はささやくように唄う
あなたのために　そして
私のために

価値

声にならなかったことば
手に入らなかった希望
届かなかった　この掌

それらを繰り返しながら
人生は編まれてゆく

喪失ということばで
まとめてしまうのは簡単だが
ひとのこころは
それほど単純ではない

しかしながら
哀しみ苦しみ絶望の果てに
辿り着いた今がある

今この瞬間の
自分の気持ちに寄り添い
前を向く美しさを証してゆこう

新しい朝に私は私になる
闇の終わりにあなたはあなたになる

ただそれだけのことに
生きている価値を私は見出せるのだ

未来

長い一日が終わり
時の流れが緩やかになる
私は身を横たえ
過去と現在
そして未来のことを想う
辛いこと苦しいことも
いつか過去になるけれど
未来だけが

未来

いつも未確定だ
何の縛りもなく

私たちは生きている
ただ、生きている
未来の希望だけを
一心に見据えて

生きよう
明日の朝陽を爽やかに迎えるために

時間

あなたの笑い声が
静かな吐息が
聴こえる

あなたが
たった今生きていることに
喜び　感謝する

時間は無限に流れてゆく
しかし私たちの時間は
限りなく有限だ

あなたの笑い声が
静かな吐息が
聴こえる

私は思いを馳せる
過去でも未来でもなく
たった今現在のためだけに

青春の墓標

冬の陽射しが
私を物思いに誘う

光のなかで塵が
はらはらと舞っている

昔　私には闘う理由があった

すべてのことを犠牲にしても
私には闘う理由があった

時の流れとともに
あらゆる闘いは終わり

私は感情を失い
ひとりになった

今　私は安息のなか　生きていて

胸に屹立した青春の墓標を
時折なつかしく見上げるのだ

未来へ

降りしきる雨が
私を追憶へと誘う

未来への希望とは
対極に位置する過去への追想
何も生まれ出ないことはわかっていながら

ときに立ち止まり
振り返ることも大切だと言い訳し

あの時

別の選択肢を選んでいたら
別の人生が待っていたのだろうか

今の私はそうは思わない
すべてのことは
偶然という名の必然だ
だからこそ私は今ここで生きているのだ

脳に沈殿した記憶なしには生きてゆけない
片や
脳に沈殿した記憶だけでは生きてゆけない

思い出は　いつまで経っても思い出だ

私は未来を生きるひとでありつづけたい

難問

水 清く流れ
遠く遠く
春を呼ぼうとしている

姿 形を変えつつ
懸命に その義を果たす
美しい

水 清く流れ
遠く遠く
春を呼ぼうとしている

難　問

姿　形を変えつつ
懸命に　その魂を全うする
生命の不思議

人が　清く生きる
それは簡単なことではあるまい
汚れながら生きる
懸命にその義を果たす
懸命にその魂を全うする

なんと　むずかしいことだろう

明日

こころ病んで
ふと立ち止まる私の眼に映る
なつかしい青空そして
完全な闇

自分の内面と向き合うことで
私は何とか私たり得ている

こころのすべては捉えきれない
光の部分に希望しあるいは絶望し
闇の部分に絶望しあるいは希望する

明　日

地球は容赦なく周り
私は明日がやって来ることが怖い
私には　信じるべきものがある
私には　愛すべきひとがいる

そう自分を鼓舞しながら
私は眠る

明日の美しい朝焼けのために

蕾

永い冬に耐えて
蕾はこの季節をじっと待っていた

雨の日も雪の日も
どんなに冷たい風が吹こうとも

そして咲いた花は
生命の輝きの発現
放たれた自由なる表現

その美しさは

誰のこころをも震わせる力がある
いつの間にか　風は止んでいる

不完全なことばで表現するならば
それは希望の塊
生命そのものだ

不完全なこころを持ち
不完全なことばで表現しながら
私は地に足をつけ生きてゆく決意をした
私も希望の蕾を抱いて生きてゆく決意をした

はじまりの日

凛と立つ空気に
季節の移ろいを感じながら
私は二本の足で地面をしっかりと踏みしめている

終わりは始まりだと
さまざまなひとたちが唄ってきた
そのことばが　今
私のこころにも届いてきて

感傷も感動も
私のこころから絞り出された生き物だ

はじまりの日

花は咲いては散り
その美しさは何度でも繰り返す

私も花のように
咲いては散り　こころ折れることなく
何度でも咲いて生きたい

今日が　はじまりの日

それでも私は

霧のような雨が
微かにそぼ降る冬の終り

あらゆるものは通り過ぎる
私はひとり立ち尽くし
変わってゆく風景を眺める

私は自分の心象風景が
流れ変わりゆくのを感じる
それは掛け値なしに
私の人生の変動そのものだ

変わりゆくことを怖れてはいけない
そう思いつつ私は
変わらない風景に憧れさえする

季節は無言で移ろい
ひとは無言で通り過ぎ
私の憧れは
無垢な少年の夢でしかなくなる

それでも
私は

朝の詩

朝
光
空

私が私であり
あなたがあなたであり続けるための
ひとつぶの朝

生まれつき不平等なこの世界で
時だけが平等に流れてゆく

毎日やって来る朝に
その度私のこころは動かされる

希望
夢
虹

そんなものたちの胡散臭さを
誰よりも感じながら
誰よりも信じている
愚かな私がいる

春

今年も散りゆく
風に絡まる花びら

幾多の美しさで
ひとのこころを捉えて
華やいだ季節は短く終わる

花は
散るから美しいのか　それとも
極寒を越えてきたが故に美しいのか

ひとは
求めつづける生きものだ
一瞬の美しささえも

自然の中で　自然の摂理のままに
柔らかく　生きてゆけたら

そんなことを想いながら
春は暮れゆく

季節の河

風薫る
新緑の風景

その中で私は
風の語る　長い物語に
じっと聴き入る

私は　何処からやって来て
そしていったい　何処へゆくのか

そんなふとした疑問から

季節の河

この単純且つ複雑な世界の成り立ち方まで
風は語ってくれる

春と夏のあいだに
透明な河が流れているようで

私は夢を孕み
眼を瞑る

気が付けば　遥かな夏の匂いが
私の身体を包んでくれている

預かりもの

あらゆる生命は果てるとも
果てない空の青

私の生命は
預かりもの
誰に返すことになるのだろう

一生懸命生きてきたつもりだが
汚れ破れ　既に白くはない

私が生命を返すとき

私の言葉は　枯れていて
私の脳は　深く眠っているだろう

だから
私は無意識のうちに
生命を　そっと差し出そう

そのときその手の感触を
私は覚えているだろう
それも　あまりにも鮮明に

静かな夏

密やかに
そしてしめやかに
夏は来る

醜く生きつづける人たちの上に
遥か昔に　去って行った人たちの上に

陽はただ頭上に輝く
何の差別区別なく
誰の何の事情も問わず

静かな夏

じりじりと音がするようで
実は沈黙の輝きに包まれながら
やがて来るひとつの季節の終わり
やがて来るひとつのいのちの終わり

密やかに
そしてしめやかに
夏は終わる

希望

夏の日の朝
私のペンは自在に
紙上を走る
私の思考は自由に
脳内をめぐる

手を伸ばしても
届かなかった想いや
宛名を書けず
出せなかった手紙が

希　望

私の脳内で
咀嚼されたことばとなり溢れくる

絶望は時に濾過され
静かな澱となり脳に沈殿する
私はそれを希望と名付ける

昨日と明日は等価であり
今日は純粋に今日である
そう思って生きてゆけたら

私のなかに
小さな灯は点りつづけるのだ

生命の時間

私は生きている
私は呼吸している
それは決して同義ではないが

生きていることの同義語はむずかしい
それはひとの数だけあるからだ

私たちはいつか死ぬだろう
それも確実に極めて確定的に
そのとき私たちは
生命の意義を感じることができるだろうか

私は未だ死に追いつかれていないが
いつか確実に追いつかれ
物凄いスピードで追い抜かれてゆくことだろう

窓の外では　夏が映えている
わずかなる生命の時間に
蝉はただ鳴いている

沈黙の夏

真夏の風が
静かに生える向日葵を揺らす
あらゆる風景がその沈黙に
じっと耐えている

哀しみは何処からやって来るのだろう
そして　深い夏の闇をつれて
何処へ向かってゆくのだろう

海が街が

沈黙の夏

騒めくこの夏の日々に
ただ静かに立っているひとがいる
向日葵のごとく
哀しみの沈黙に　じっと耐えながら

やがてあらゆるものが
夏の闇に吸い込まれていってしまい
再びの沈黙に
私は　ただじっと耐えている

生死

死は純然たるもの
死は断固たるもの
それに意味付けすることは
生に対するより
あまりにも簡単だ

死は必然たるもの
死は唐突たるもの
それに対立することは
生に対するより
あまりにも難しい

生の美しさと醜さと虚しさ
それらをすべてまとめても
死の絶対性には敵わない

それでもひとは光を求めて歩きつづける
限りある生を
束の間の生を
燃やしつづけて溢れ出る人間の魂で

灯台

闇が光を越えようとする一瞬に
灯りは点される

夏の太陽が去り
鮮血のたそがれを過ぎ
夜はやって来る
誰もが隠し持つ闇に
誰もが手を伸ばす夜

その手は
自身の柔らかいこころを掴む

灯　台

自身の生命が活動していることを確かめる

やがて　深まる夜
眠り　夢を見るもの
眠らず　現実を見るもの

そして
誰もに平等に朝は訪れる
光が闇を越えようとする一瞬に
灯りは落とされる

忘れがたみ

脳の奥のほうに
そっと置かれていた記憶を
私は取り出す

夏がやって来て
やがて去ってゆくまで
私はその記憶とともに過ごす

人生を振り返る程の年齢になり
思い出という記憶は宝ものになり
私は生かされている不思議を想う

忘れがたみ

生きている不思議もあれば
死んでゆく不思議もあり
歳を重ねても解らないことばかりで

その記憶はその思い出は
私のなかでは燦然と輝く金字塔のように
栄光の希望そのものだ

そんな忘れがたみを抱いて
私はいつか死にゆくのだろう
私はいつか消えゆくのだろう
次なる世代のひとに
そっと生命のバトンを託して

真夏の風に

真夏の風に
私の心の芯が揺れる

真摯に生きてゆきたいと　そして
真摯に死んでゆきたいと
思う私の　心の芯が揺れる

沈黙する真夏の魂
そのひとつに私もいつかなるだろう
そのとき私たちの沈黙は
生の世界へ向けた

一片の伝言たり得るだろうか

私は生を語る
そのとき私は同時に死を語っている
そこにこそ言葉の普遍性がある

私は生を育む
そのとき私は同時に死を育んでいる
そこにこそ人生の普遍性がある

真夏の凪に
私の心の芯が揺れる

生きてゆこう
与えられた生命のかぎり

恋　愛

大いなる勘違いから始まり
やがて
豊穣な人の糧となる

さまざまな詩人や
さまざまなミュージシャンや
さまざまなアーティストが
あらゆることばを用いて
恋愛を語ってきた

しかしそれでも

人々は空虚だったろう

なぜならそれは
決して語り尽くされることのない
未知の領域

誰にも歩き尽くせない
未知の世界だからだ

そんな領域を掴もうと
私も必死で手を伸ばす

その手は
永遠なる空白を彷徨う

ひとりの朝

ひとりの朝
雲に厚く覆われた空

季節の風が
人々の生活を彩る
だが人々は生活に追われ
私の描写は無意味なものでしかない

最後に心からよろこびが溢れ出たのは
いつだったろう
最後に心がかなしみで打ちのめされたのは

いつだったろう

私はぼんやりと回想する
古い夢を無意識に読みながら

生きているゆえ
私にははっきりと感情がある
ときには持て余し
苦しみのもとだとしても
それは私の生きている証拠なのだ

ひとりの朝は
引き延ばされた袋小路のように長く
私は立ち尽くす
時が私の魂を連れ去るまで

ひとりの朝

生きていて

忍耐が苦労が滲んだ
あなたの手

さまざまな苦しみを
さまざまな辛さを
黙って越えてきた　あなたの手

私の頬に
あなたの両手を当てると
生命の温みと
生命の音がする

生きていてよかった
生きていてくれてよかった

私の両手で
あなたの両手を包むと
人のやさしさと
人のあたたかさが伝わる

生きていてよかった
生きていてくれてよかった

ことば

汲めども尽きない
ことば

ひとがひとであるかぎり
尽きないことば

その井戸は深く
小石を投げ入れても沈黙はつづく

ことばの実体を私は探る
思索の井戸に私は潜る

ひとを動かすことば
ひとのこころを動かすことば

それは探して見つかるものではなく
生活のなかの何でもない一瞬に
ふとやってきては
通り過ぎてゆくもの

その一瞬を捕まえることができたら
詩は詩であり続けることができる
ひとはひとであり続けることができる

なみだ

あなたのやさしさに触れたとき
こぼれるなみだ

それは
ひとすじのぬくもり
それは
ことばにならないことば

あなたの苦しみが見えたとき
こぼれるなみだ

それは
溢れ出る感情
それは
共感のしるし

あなたの生命が消えるとき
こぼれるなみだ

それは
忘れ得ぬ愛情
それは
あなたが一生をかけて紡いだ物語の
幸せな結末

手紙

こころに沈んだ
ことばがある
音になれなかった
ことばがある

空気は震えずとも
音楽は途絶えるとも

私は記す
途中で止まった物語の続きのページを
誰からも忘れ去られてしまった

魂の一語を

それは
誰かに宛てたことばではない
私から私に宛てた
単なる私信だ

そのなかで私は
思いつくかぎりの文脈を巡らせる
溢れ出んばかりのことばを連ねる

それは手紙という詩
詩という手紙
どちらでもよい
私自身が詰まったことばたちであるのなら
私自身のために存在し続ける文であるのなら

昔の夏

エアコンの効いた室内に
青春から遠く離れた私がいる

私は懸命に記憶を掘削し
昔の夏を思い出そうとするが
何かが脳の通路に詰まっているかのように
うまく思い出せない

何の躊躇もなく
走りまわったあの夏
何の衒いもなく

大きく笑いあったあの夏
私は懸命に記憶を掘削し
昔の夏を思い出そうとするが

皆のっぺらぼうだ
何故なら皆
今は別の夏を生きているからだ

私も今の夏を生きることにしようと思い

記憶のアルバムをぱたんと閉じる
同時にこころの一部がそっと焼け落ちる

無　為

白
何もない場所でありながら
すべてが意味を持つ場所

黒
すべてが詰まった場所でありながら
何も見えない場所

冬
しんしんと降る雪のなかに
沈黙が台頭する季節

夏

雄弁な熱気に気圧されながら
記憶の結び目が確かにある季節
…そして、詩
寡黙なことばを綴りながら
何も生み出せない哀しい数行

無　為

体温

生活のなかで
あなたに触れる体温

あたたかい

いま生きているということ
その証左たるもの
いま生きているということ
その天賦たるもの

死

体　温

その厳然たる事実の前で
生きているものたちは無力だ
無力故に
死は越えられぬ壁として立ちはだかる

越えられぬ壁だが
その前で私たちは互いの存在を感じ合う

生活のなかで
あなたに触れる体温

あたたかい

狂気

人間としての存在を保ちつづけている
唯一の理由
それは狂気

愛情は激しい
涙は美しい
やさしさは愛おしいが
それらのすべてを圧迫する
圧倒的な存在
それは狂気

狂　気

芸術の根幹を抑え
精神という名の脳を抑え
あらゆる抽象を抑えて

無論私の詩をも凌駕して
風の果てに君臨する

それは狂気

私は私自身を愛する
それは取りも直さず
私に内在する狂気を愛するということだ

生命の価値

沈黙の水面から
私は潜る
次なる沈黙の水底へと

意識は無意識と入れ替わり
呼吸は次元を越え機能を停め
私の心臓は私のものではなくなる

深海の底にたどり着いたとき
私はもうひとりの私に逢う
そこで我々の意識の交換が行われる

私は深海で死に絶えたものたちの傍に
そっと寄り添う
もうひとりの私は新しい意識を得て
水面へと昇り始める

どのように生きるのだろう
新しい生命は
この弱肉強食の世界で

どんな世界でも生死は表裏一体だ
どんな世界でも生命の価値は換算できない

空白

空白の雄弁
空白の饒舌

空白は
空白という存在だ
無とは決定的に違う
有とは相対的に違う
それが空白

情景が
日々移り変わってゆく

心模様も移り変わってゆく
ただひとつの共通項
それが空白

意味がある
実体がある
私のこころを描写する
私の意識を模写しさえする

何もないが故にすべてがある
それが空白

秋風

雄弁な夏が過ぎ
やわらかな秋がそっと訪れる

風は語りつづけ
一編の物語を編んでいる

私がいて
あなたがいて
季節はめぐり
世界を司っている

秋　風

ああ 風のなかに
私のささやきを そして
あなたのつぶやきを編み込みたい
そしてその風が
世界に届くのなら

秋という美しい季節に
物語を語ってほしい

そして
秋ゆく街で
過ぎゆくものたちだけが残されている

私のすべて

秋の日射しが
私をやさしくつつむ

生命の胎動が
そこにはある

眼で耳で両手で
私は秋の空気をつかむ

何もないような場所に
すべてがある

秋を描写しようとすれば
誰もが詩人だ

私は詩人まがいだが
生きていることを愛しているから

何もないような場所に
すべてがある
何でもないような言葉に
何でもないような詩に

私のすべてが詰まっているから

墓場

真冬の空　その下に連なる
無数の　生命の抜け殻

厳かな時の流れのなかに
残された灯火が温もる

かつて生を受けた誰もが
いつかは確実に死んでゆく

生きている私は
生き続けるという業を背負い

墓場

時の流れに身を委ねる
あなたに出逢えた私は
幸せな人生だったろう
私に出逢ったあなたは
幸せな人生だったろうか

遠い物語が
冬空の下を彷徨っている
私はあなたの手を握る
すべてが幻にならないうちに

白

白
それはかなしい色
何色にも染まらず
何者でもなく

白
それはさみしい色
無だけが循環し
無そのものに最も近く

白

それでも美しい色
純白の美しさの前では
色そのものが不要な存在

白
誰もがそうありたいと願い
誰もが到達できない
最後の色

白
人は最後の瞬間に
そのきらめきを放つのだろう
あらゆる色を乗り継ぎ
輝きの果てに
生命のターミナルで

白

花

ほころぶ花の
予感に満ちた美しさ

ただひとすじの気持ちで咲く
私もただひとすじの気持ちで生きてゆきたい

散りゆく花の
定めを知るかのような美しさ

最後まで潔い姿を見せる
私も最後の日まで

力一杯潔く生きてゆきたい
凝縮された人生を
わずかな日々で表す花のごとく
残された私の日々が
輝いて流れてゆく音が聴こえる

花

一

一
それはひとりのことば
一
それは孤独なことば

一
それはナンバー・ワン
一
それはさみしいことば
永遠にひとりだとしたら

ひとは発狂する以外にない
永遠にひとりだとしたら
ああ　ひとは死に憧れるしかない
一
それは突出したことば
一
それは許されざる人間の傲慢

一

日々

真夏の中空に
伸ばした手は
ただ空を掴む

その手はいったい
何を求めたのだろう
人生の生き甲斐なのか
儚いほどの愛情なのか

空を掴んだ手は
そこでそのまま凍りついてしまう

それは私の手であり
それはあなたの手だ

何も手に入らない
しかしながら
それはたったひとつ
平凡な静けさの日々を掴んでいる

平凡であり
凡庸であり
それ以外には何もない
それ以上にいったい何を求めようか

赦される

赦す
自分で自分を
赦す
自分が自分を
なんと難しいことだろう

裁くのも自分
裁かれるのも自分
傷つけるのも自分
傷つけられるのも自分

自由に生きてきたつもりが
いつの間にかがんじがらめになっている
誰をも赦せなくなっている
誰にも赦されなくなっている
自分が赦せないとは　そういうことだ
自分に赦されないとは　そういうことだろう

春の息吹が
わたしのこころをそっと揺らす

わたしは最後の最後に　闇の中で
あなたに赦されればそれでいい

理由と本能

人にはそれぞれ
必ず理由がある

信じる理由
愛する理由
生きる理由

理由と本能は
似て非なるものだ
その二つが混じると
生きている実感が湧かない

疑う理由
無関心な理由
死ぬ理由

わたしの本能が
あらゆる理由を越えて
がむしゃらに不恰好に生きてゆけと言っている

矛盾

真実はいつも
沈黙の中にある
なぜなら真実は往々にして
言葉という形を取らないからだ

故に私たちは沈黙する
その価値を知っている真実を求めて
沈黙は罪だ

嘘はいつも
饒舌の中にある

なぜなら嘘は往々にして
言葉という形を取るからだ

故に私たちは饒舌になる
その意味を知っている嘘を求めて
饒舌は罪だ

だが
私たちは日常的に沈黙し
私たちは日常的に饒舌になる
その矛盾が私に詩を書かせる
その矛盾が人を人たらしめている

詩とことば

わたしは詩を書きたい
わたしはことばを残したい

幸せなことに
わたしには欲求がある
わたしには　そんな欲求がある

流れゆく風を
霞みゆく時間を
駆け抜ける魂までをも追い越して

降りてくることばを掌に乗せ
静かに眼差しを注ぐ
そしてことばは静の輝きを放つ

それぞれの在るべき場所に
それぞれの帰るべき場所に
ことばを残したら

既に詩は完成している
それはわたしの掌をはなれ
生と死の狭間に落ちる
そのとき吹く風が　詩を朗読する

沈黙（承前）

沈黙
それは無言のうちにはじまりを告げる

ことばは発し尽くされ
語りは囁き終えられ

語彙は喪われ
思想は固められ

わたしの脳は
耐えきれぬ沈黙に死を想う

沈黙（承前）

世界は凛と立ち尽くす一陣の風だ
季節はその掌で舞い
闇はその継ぎ目から光を浴びる

絶望と希望は
沈黙の両の手にある
わたしの択んだものが
燦燦と輝きはじめる

沈黙
それは永遠に未完成な
終わらぬ生という旅

センス

わたしに残されたもの
それはセンス
四季を感じ
音楽を愛で
愛情を授受するもの

わたしが喪ったもの
それらを書き尽くすことはできない

生きることは
何かを掴みつづけること

そしてそれは　取りも直さず
何かを喪いつづけることだ

それでも残されるものはある
それがセンス
生きる旅を辞めぬかぎり
鋭敏に研ぎ澄まされる

わたしに残された感覚を
わたしの脳は　憶えている
生あるかぎり　いつの日までも

真奈美抄

秋の朝
柔らかな光が
静かに眠るあなたの頬を照らす

孤独を
闇を
そして病を
抱えたあなたの横顔を照らす

言葉が意味を持たなくなるとき
愛情の雫がこぼれ始める

沈黙の豊かさが
そこにはある

つらく苦しい道程を歩んだ証左に
静かなやさしさが
あなたの頬には満ちている

あなたの魂に
わたしの伸ばした手が触れる

そのときわたしの感情は溢れ
両の眼からなみだが
ただ滴る

わたしのことば

どんなにすぐれた作品であろうとも
それがまるで
陣痛促進剤を使って
産み出されたようなものならば

わたしにとって
それは
単なる文字の羅列

斜め読みされたとしても
読み飛ばされたとしても

内包する真実が
圧倒的な説得力を持っているならば

それは
わたしの詩
わたしのことば

永遠の夢

秋深く
その深みに溺るる
わたしの魂

発する言葉は
詩ではなく
文章ですらなく
かすれる囁きだ

秋の湛える静寂に
寂しさは

永遠の夢

一滴一滴流れる滝のごとく
そしてあらゆる感情が凝縮し
零れる　ひとすじのなみだがあり
そのなみだを受けたわたしの掌は
一瞬にして凍る

空気が凍り
わたしのいのちは
永遠を夢見て
尽き果てる

ターミナル

たとえば
風が凪いで
たとえば
空に恋して

そんなふうに
時は過ぎゆくのだと理解したとき
残された人生は
さほど多くはないだろう

わたしは語る
語るべき理由があり
語るべき時間が残されているなら

わたしひとりの物語でありながら
あなたという存在を巻き込んでしまった
そんな罪悪感を持ち

確固たる足どりで
わたしは最後の扉を開ける

そしてわたしは
あなたの手をそっと離し
二度とは帰らない
帰らないのだ

ターミナル

晩秋の日々

秋が
すべての風景を詩にする

瞬く間に
通り過ぎてゆく季節が
二度ともどらない景色を
この胸に焼きつける

秋風のなかに
失われた時間がある
秋風のなかに

損なわれたこころがある
秋が
すべての風景を詩にする
わたしの脳に沈殿する沈黙
立ち止まらない時間のなかに
わたしは　何を残してゆけるだろう

いのち、祈り

風前の灯火のごとく
微風に揺れるいのち

両の手でそっと護っても
すべては縮んでゆくもの

何もかもが
時には敵わない　けれども
何もかもが
時間を敵に回している

何処から来て
何処へ向かいゆくのか
この儚いいのちは

風のなかに答えを求めても
季節の移ろいに
すべては　かき消されてしまう

ひとつひとつのいのちが
間違いなく　平等な重みを持っている
その事実を　誰もが認めあえるなら

そして風は吹く
すべては祈りのままに

いのちなど

淀まぬ時の流れ
飾らぬ季節の装い

間違っていたのだろうか
ありふれた人生ではなかった
わたしの選択は

一歩ずつ歩くうちに
気づけば往路は過ぎてしまい
いまや僅かな復路だけが
眼の前に残されている

いのちを長らえたいなどとは
決して思わない
わたしは人生のある地点から
希死念慮を背負い　歩きつづけたゆえ

凪よ
わたしの人生を真空にしてくれないか
いのちなど惜しくはない
もう一度無に帰ることができるのならば

いのちはたったひとつしかない
そこにこそいのちの発露がある
いのちはたったひとつしかない
そこにこそいのちの絶望があるのだ

終章

わたしの青春は
序章も本章もなく
いま終わりのときを迎える

かなしみは
深く
淋しみは
更に深く

喪失の本質を
見てきたような顔で

俗世から
逃れ逃れて
詩などを詠む
空しい自分がいる

わたしの人生は
序章も本章も過ぎ
もはや
誰にも必要とされぬうちに

風にさらわれて
一片の塵になるのだ

冬のたそがれ

冬の入り口に聳える
穏やかな　たそがれ

時の流れは　一瞬にして
赤ん坊を老人にする
それは決して逆流せず
何ぴとの抵抗をも受け入れない

入り口があり　出口がある
生があり　死があるのだ

それ以上に確固たるものは
この世界に存在しない

語るのは　簡単だ
語りでは　世界は変わらないからだ

そんなふうに
今日も陽は深く沈む

闇がやってくるのだ
誰にも阻まれぬ闇が

贈りもの

魂の深淵を覗きこむように
ことばを探す

それは
人生の意味を模索するかのごとく
内省的だ

真冬の風が
わたしの頬を打つ
わたしのなみだは
はるか昔に　枯れ果てている

それでもなお
わたしはことばを探しつづける
人生の意味を内省的なまでに模索する

そのようにして探りあてたことばを
わたしは詩というかたちに替えて

唯一の
ただひとりの
あなたに捧ぐ

死の闇

死を目前にして
わたしのこころは
不思議なほどに澄み切っている

なんのためらいも
なんの後悔もなく
死へと向かう一本道で

わたしは思い出す
楽しかったこと
嬉しかったことではなく

苦しかったこと
悪夢のように辛かったときのことを

すべては風の中
すべては闇の中に

意味を求めず
言葉を探さずに

何もない
そしてひとり
それ以上望むことはない

そして灯りは落とされる
わたしは闇の支配に意識を失くす

生きろ

何もないところにこそ
すべてがある

ことばの奪われた世界にこそ
詩は存在する

ことばに詩に
いったい何の力があろう

ひとのこころを動かせぬ
戯言でしかないのなら

ことばが詩が
そのいのちを失おうとも
わたしは書く
いのちの破片をこの文字に賭して
わたしは書く
永遠の孤独をこの身に背負って

ことばよ詩よ
生きろ

独り

わたしは　ひとりのひと
わたしは　ひとりの人間だ

そしてわたしは　独りのひと
そしてわたしは　独りの人間だ

陽の光が眩しく
闇に救いをもとめ

過ぎゆく時の音だけが
わたしの魂を癒してくれる

変わらぬもの
それは割れた瓶のように
変わらぬもの
それは
あらゆるものは変わりつづけるということだ

わたしは　ひとりのひと
もうすぐ無に還るひとりの人間
時の流れに溺れ
無に還る独りの人間だ

沈黙の主題

時がきて
すべてが
終わる

魂は鎮火し
沈黙を友とする

何という一瞬だろう
いのちという舞台は
何という永遠だろう

無という静寂は
たしかに湧き立った言葉が
黙に沈む
その後には
何も残りはすまい

絶望と希望をも巻き込み
時は進む
あるいは沈に黙する

時がきて

あとがき

生きるということは、むずかしいことです。

わたしは、本書に収められた詩たちを通じて、「生きるとは」ということを、問いかけたかったのだと思うのです。その触媒として、沈黙や闇、生命と死、絶望と希望、季節や時の流れ、人生といったフレーズを用いてきました。

わたしは精神障害者ですが、その人生を不幸だと思ったことはありません。若いころは、健常者のすがたが眩しく、羨む気持ちもあったのですが、一般企業での勤務や、二度の結婚などを経て、以下のように思うようになりました。

健常者として生きて、その先に幸せはあったのだろうか？
何がよかったなんて、いったい誰にわかるのだろう、と。

もう一度、いいます。

生きるということは、むずかしいことです。

わたしの詩が、拙著を読んでくださったあなたの人生の一助となれましたら、それ以上の喜びはございません。

最後までお目を通していただき、ありがとうございました。

二〇二四年三月

常本　哲郎

〈著者紹介〉

常本 哲郎（つねもと てつろう）

1974年札幌生まれ。県立千葉高在学中に統合失調症を発症。
千葉大学へ進学するも卒業間際に病状悪化のため中退。
障害者向けの作業所やパソコンスクールに通う。
一般企業に勤めるが、仕事をこなすことが困難となり退社。
三十七歳のとき結婚。妻は本書の装丁画を手がけた倉田真奈美。
妻も精神に障害を負っている。
医学専門誌『精神科看護』に連載を持っている。
十代の頃より書き溜めた現代詩をまとめ、
『詩集　沈黙の絶望、沈黙の希望』（2017年　鳥影社）を刊行。
本書は、その完成版である。

詩集　沈黙の絶望、沈黙の希望　完全版

2024年4月29日　第1刷発行

著　者　　常本哲郎

発行人　　大杉　剛
発行所　　株式会社 風詠社
〒553-0001　大阪市福島区海老江5-2-2 大拓ビル5 - 7階
TEL 06（6136）8657　https://fueisha.com/
発売元　　株式会社 星雲社（共同出版社・流通責任出版社）
〒112-0005　東京都文京区水道1-3-30
TEL 03（3868）3275
装　幀　　2DAY
装　画　　倉田真奈美
印刷・製本　シナノ印刷株式会社

ISBN978-4-434-33819-9 C0092
乱丁・落丁本は風詠社宛にお送りください。お取り替えいたします。